LA RÉPUBLIQUE

C'EST

La Guerre aux Pauvres

PARIS

LIBRAIRIE NATIONALE

30, AVENUE VICTOR HUGO, 30

—

1884

LA RÉPUBLIQUE

C'EST

La Guerre aux Pauvres

LA RÉPUBLIQUE

C'EST

La Guerre aux Pauvres

PARIS

LIBRAIRIE NATIONALE

30, AVENUE VICTOR-HUGO, 30

—

1884

LA RÉPUBLIQUE

C'EST

La Guerre aux Pauvres

Croyez-vous aux réclames ?
Moi, très peu.

Ce n'est pas chose nouvelle que les
enseignes mentent et que les affiches
dupent les gens.

Aussi le monde se méfie : il sait
qu'il faut en rabattre. Le consomma-

teur veut se rendre compte : il juge,
à l'user, les produits qu'on lui vante
et n'admet les hâbleries du boniment
que sous bénéfice d'inventaire.

Ne trouvez-vous pas qu'en politique
on devrait aussi juger les hommes
et les théories sur les faits, et non
se payer de programmes, former son
opinion sur des phrases ?

Il serait grand temps d'en venir
à ce procédé sage, et d'examiner les
actes, au lieu d'admettre les formules
de charlatans.

Voyez, par exemple, la République: elle s'affuble d'épithètes mirobolantes elle se prétend surtout *démocratique*; cela signifie qu'à l'en croire, elle serait le régime le plus favorable aux intérêts des pauvres gens, du peuple, de la masse. Elle se pare devant eux de ce mérite, en sollicitant leurs suffrages.

Eh bien, la République est depuis sept ans la maîtresse de nos destinées et l'inspiratrice de nos lois; elle coupe, tranche et gouverne; elle se rit des opposants; elle agit sans contrôle et sans lutte, elle a carte blanche, et rien ne la gêne...

A-t-elle profité de cette omnipotence pour justifier sa prétention ? A-t-elle favorisé le peuple? Les pauvres gens ont-ils spécialement à se louer d'elle ?

C'est le contraire qui est advenu. Les lois qu'a portées la République, les dispositions qu'elle a prises ou inspirées semblent résolument dictées par un dessein suivi, refléchi, étudié, de léser les intérêts du peuple; ceux-là spécialement.

C'est la bourse du pauvre, la liberté du pauvre, ce sont les enfants du pauvre qu'elle a brutalement visés et atteints ; elle a donc effrontément menti à son programme.

Estimez-la d'après ses actes ! non d'après ses paroles.

C'est aux fruits qu'il faut juger l'arbre : la maxime est ancienne : elle a du bon.

I

La République a porté atteinte au Peuple, au Peuple surtout, dans ses intérêts financiers.

Comment a-t-elle dilapidé les caisses publiques ? Ne nous y arrêtons pas aujourd'hui.

*

Ce qu'il y a de certain, c'est que le nombre croissant des fonctionnaires inutiles, les dépenses scolaires ridiculement exagérées, les guerres coloniales conduites avec une coûteuse démence ont détruit l'équilibre du budget national ; que nous sommes menacés de la banqueroute ; qu'il a fallu déjà recourir aux expédients.

A quels expédients ?

A ceux-là précisément qui atteignaient l'épargne nationale dans ses droits acquis, à ceux-là qui atteignaient le plus sensiblement les petites bourses, les économies populaires.

Ouvriers, cultivateurs, alléchés par

la sécurité que la confiance publique
accordait aux fonds d'État, vous aviez
placé vos fonds en rentes 5 %; vous
pouvez apprécier aujourd'hui en
chiffres nets l'erreur que vous aviez
commise en confiant à la République
vos économies !

Elle vous a déclaré, un beau
jour, purement et simplement que
votre revenu serait réduit, presque
de moitié, ou que, pour le conserver
intégralement, vous auriez à verser
une soulte proportionnelle.

C'est, me dira-t-on, le droit strict
de l'État : il résulte de la convention
qui le fait débiteur, que toujours il

conserve la faculté de rembourser,
tandis que son créancier s'interdit la
faculté d'exiger remboursement. Par
conséquent, l'État peut vous dire :
« Je vous donnais cinq francs d'in-
» térêt pour vos cent francs prêtés :
» Vos cent francs, les voilà : si vous
» entendez me les prêter de nouveau,
» je ne vous verserai plus qu'un in-
» térêt de trois francs. Pour avoir
» cinq francs par an, il vous faudra,
» cette fois, me fournir un capital de
» cent cinquante francs. J'ai le droit
» de dénoncer l'ancienne convention,
» de vous en proposer une nouvelle. »
A ce titre, la conversion ne sau-
rait proprement s'appeler un vol;

mais, en fait, elle a singulièrement contrarié les intérêts, les intérêts du pauvre.

En effet, si la modification s'appliquait à tous, aux gros rentiers comme aux petits ; de bonne foi, qui frappait-elle sensiblement ?

Le titulaire d'une forte rente a été molesté, gêné par cette réduction ; il en a souffert dans son bien-être ou dans son luxe ; mais, s'il est à plaindre d'avoir été lésé dans ce qui lui appartenait, il a peu souffert, pratiquement.

Celui dont on a littéralement rogné le pain, auquel on a arraché le né-

**

cessaire, c'est le travailleur qui avait économisé sou par sou un petit capital, dont les dépenses indispensables étaient strictement calculées sur un mince revenu, péniblement acquis à la sueur de son front, le gagne-petit, l'homme du peuple.

Modifier le pacte conclu, réduire, par force et de son autorité privée, l'intérêt convenu d'une somme prêtée, c'est nuire, quelle que soit la situation, à la fortune du créancier. Mais comment qualifier cette mesure quand la majorité des créanciers frustrés se compose de pauvres braves gens qui vivent au jour le jour,

qui comptent sur leur revenu pour
payer le boulanger, qui n'ont pas de
réserves en poche, et qui se sont
saignés à blanc pour accumuler leur
modeste capital ?

Tant pis pour eux ! La République
n'entre pas en ces considérations
mesquines ; elle convertit sa dette
en une dette moindre, le cœur lé-
ger, sans s'aviser qu'elle nuit surtout
aux petites bourses, à celles qui se
sont formées pièce à pièce, par le
travail, l'ordre et les privations.

Sa démocratie à elle, sa manière
de servir le peuple, c'est de dire à
chacun : « Tu avais acquis pénible-

» ment cent francs de rente ; tu n'en
» toucheras plus que soixante. Tiens-
» toi pour satisfait, ou j'avale tout. »

II

C'est encore le peuple, le peuple,
surtout, qui paie, par une autre
voie, les prodigalités de la République.

Non seulement, en effet, l'État a
dû, pour les couvrir, forfaire à sa
dette et réduire l'intérêt convenu ;
il a fallu encore accroître les impôts
de consommation.

Pour que les villes pussent réaliser le programme scolaire, imiter le gouvernement, jeter l'argent par toutes les fenêtres, il leur a fallu grossir leurs revenus, c'est-à-dire étendre, généraliser les droits d'octroi, surtaxer les denrées nécessaires.

Or, cet impôt de consommation, c'est précisément celui qui pèse le plus lourdement, le plus quotidiennement sur la bourse du pauvre.

Si les taxes sur le luxe n'atteignent qu'une classe, les denrées alimentaires et les boissons sont indispensables aux petits aussi bien qu'aux grands ; en les frappant d'un droit toujours croissant, on atteint cent grosses bourses et, dans la même proportion, dix mille petites bourses. Un travailleur consomme autant qu'un riche, personnellement, quand il s'agit des matières alimentaires de première nécessité ; il rapporte donc à la caisse de l'octroi la même somme que le millionnaire, au moins sur ce chapitre.

Mais il ne résulte pas de ce fait que l'accroissement des taxes préjudicie aux riches autant qu'aux pauvres.

D'abord les pauvres sont les plus nombreux : ils forment donc la majorité parmi ceux qui contribuent à grossir les impôts spéciaux auxquels personne ne peut échapper, puisqu'il faut que tout le monde mange et boive.

Ensuite, il ne souffrent pas seulement de ce mal, eux surtout, en ce qu'ils sont les plus nombreux à en souffrir ; mais encore parce qu'en exagérant ainsi, en multipliant les droits d'octroi, préjudiciables à tous, on ne demande au riche que son superflu, tandis qu'on arrache au pauvre son nécessaire.

Ce qui ramène aux réflexions du paragraphe précédent sur les exigences odieuses de la République, spécialement à l'égard du peuple.

III

Est-elle plus respectueuse du pauvre
dans sa liberté que dans sa bourse ?
Pas davantage.

Elle l'atteint, lui spécialement,
dans la plus chère de ses libertés,
dans sa liberté de conscience.

Elle l'atteint dans sa conscience, à
l'heure même la plus sacrée, la plus
solennelle de son existence, à l'heure
de son agonie ; en éloignant de lui
le consolateur suprême, le représen-
tant de Dieu.

En effet, l'expulsion du prêtre, chassé de l'hôpital, y rentrant par grâce et par occasion, lèse-t-elle en quoi que ce soit les intérêts, les besoins du riche? Non, il ne va pas souffrir et mourir là.

Il souffre et il meurt chez lui, entouré de soins délicats et pieux : ses amis, ses proches et ses serviteurs sauront appeler, à toute heure, auprès de lui, les consolations suprêmes qui adoucissent les horreurs de la mort.

C'est le peuple seul qui est frappé par l'athéisme républicain. Nos maîtres ont banni le prêtre et la sœur de son chevet d'hôpital ; ils ont dé-

pouillé de son dernier rayon l'agonie
du pauvre !

Depuis que le christianisme nous
enveloppe de sa lumière, jamais
aucun maître, fût-il un odieux tyran,
n'a infligé à personne ce supplice
sans nom, de lui refuser les consolations suprêmes de son culte. On
n'a jamais ajouté ce raffinement aux
tortures, même des plus coupables
bandits : on leur accordait, on leur
procurait leur prêtre, qui avait auprès
d'eux libre accès.

Et pourquoi remonter à d'autres
temps ? De nos jours encore, les
assassins qui ont tué père et mère,

qu'on conduit à l'échafaud, entendent la voix de Dieu dans le murmure du prêtre toujours présent.

Est-ce que les pauvres malades des hôpitaux ont mérité un pire traitement que les assassins ; pour que l'on soumette leur entrevue avec le consolateur suprême à des formalités, à des attentes, qui, le plus souvent, équivalent à un refus hypocritement déguisé ?

Malheur aux petits, jusque dans la mort ! C'est la formule odieuse qui résume les faits dont nous sommes témoins. Ils ne jouissent même pas de cette égalité finale qui doit réunir sous l'absolution suprême les riches et les pauvres. Il n'y a plus de pardon pour eux. En République, ceux qui n'ont pas d'argent sont condamnés à mourir comme des chiens !

Le pardon, les immortelles espérances de la vie future, c'est bon pour les bourgeois ! Ils se paieront ces douceurs à domicile. La mort des brutes c'est bien assez pour les pauvres ! Tant pis pour eux : on n'est libre de bien mourir que quand on est riche !

IV

Le peuple est-il plus favorisé du moins dans ses enfants?

Non les lois républicaines le frappent, lui particulièrement, dans ses affections les plus intimes, dans ses droits de famille.

L'école *gratuite, obligatoire, laïque,* est un fléau sans doute, qui, indirectement et par ses suites inévitables menace la société tout entière; mais qui l'atteint, lui seul, directement.

La *gratuité* lui est gravement oné-
reuse.

Il ne s'agit plus, en effet, mainte-
nant de cette gratuité d'hier, sage-
ment réglée, qui s'accordait large-
ment à tous les enfants pauvres; de
ce système équitable qui dispensait
de la rétribution scolaire celui qui
notoirement ne la pouvait payer, et
qui faisait peser les frais de l'instruction générale sur le riche seul,
appelé à solder l'instruction primaire
pour sa famille en même temps que
pour les familles indigentes.

Non, la République a dispensé
uniformément tous les pères, riches
et pauvres, de la rétribution scolaire

directe ; en sorte qu'en réalité elle
est payée indirectement sous forme
d'impôts accrus, par les pauvres et
par les riches uniformément. Il se
trouve ainsi que le pauvre participe
aujourd'hui à une dépense qui, au-
trefois, ne pesait en rien sur lui.

Propriétaire ou locataire d'un hec-
tare, d'une chaumière, d'une man-
sarde, comprenez bien ceci : Autre-
fois on instruisait vos enfants, sans
frais d'écolage ; il en est de même en
République... mais avec cette diffé-
rence, qu'il est pourvu à cette dépense, non plus par votre voisin aisé,
lequel payait pour deux, mais au

moyen de l'impôt général, perçu sur
tous, sur vous comme sur lui. Vous
y perdez !

L'obligation, c'est sur le pauvre
seul qu'elle pèse lourdement. Car
elle ne change rien aux habitudes
du riche, qui consacrait d'ordinaire
à l'étude les jeunes années de ses
enfants, et qui n'a pas besoin de
leurs services ; tandis que vous, ma-
nœuvres, ouvriers, cultivateurs, vous
vous trouvez forcément privés d'un
petit auxiliaire, souvent utile à la
maison, que vous reteniez parfois
chez vous pour quelque service de
son âge selon les besoins de la sai-

son, qui faisait auprès de vous l'apprentissage de vos travaux, et que vous ne pourrez aisément remplacer.

La *laïcité*, c'est le pauvre encore et le pauvre exclusivement qu'elle atteint.

La loi permet au riche d'instruire son enfant chez lui, de lui donner un maître spécial, de l'envoyer dans une école lointaine où il apprendra ce que son père veut qu'il apprenne : le respect et la pratique de la religion.

Mais l'homme du peuple, s'il veut aussi cela, que fera-t-il ? Si dans sa commune il n'existe qu'une école,

il n'aura ni le temps ni les ressour-
ces nécessaires pour soustraire son
enfant à l'enseignement laïque. Il se
trouve donc, par le fait même de
son indigence, astreint à subir pour
ses enfants une éducation que sa
conscience réprouve ! Est-ce juste ?
Est-ce humain ? Est-ce là respecter
le droit du pauvre ?

Une loi qui crée une telle inéga-
lité entre deux droits égaux, quand
il s'agit de la conscience, le droit du
riche et le droit du pauvre ; qui en-
serre exceptionnellement celui-ci dans
ses mailles étroites, alors que celui-
là peut, et pourra toujours, quoi qu'on

fasse, se soustraire à ses effets, n'est-
elle pas odieuse de soi ? Ne constitue-
t-elle pas une atteinte criante à ce
programme *démocratique* dont on fait
parade ? Ne témoigne-t-elle pas d'un
profond mépris pour ce peuple qu'on
encense en le ligotant ?

V

Telle est pourtant l'œuvre de la
République. Telle est la vérité bru-
tale des faits en regard de ses pro-
messes menteuses.

Le peuple, qu'elle adule en paroles, elle le traite en réalité comme un
paria, elle lui fait une place à part,
elle le piétine outrageusement ; il a,
plus que personne, à souffrir de ses
indignes traitements.

Jamais despote ne l'a malmené de
telle sorte.

Il est vrai qu'en même temps la
République grise sa victime d'adula-
tions grossières.

Mais l'ivresse aveugle peut se dis-
siper.

On ne s'illusionne pas longtemps
sur les gens qui vous sourient en
vous étreignant la gorge.

Battu et content : ce n'est pas la formule française.

On peut se souvenir encore.

On peut se reporter au régime monarchique, constater, l'histoire à la main, qu'aucune monarchie moderne n'a toléré cette guerre spéciale odieuse, aux intérêts matériels et moraux du peuple.

Il est vrai qu'alors on ne faisait pas si grand étalage des formules qui promettent aux pauvres monts et merveilles.

Mais du moins les pratiquait-on, tout simplement, en cherchant de

bonne foi, sans parade, le soulage-
ment, le progrès, la prospérité, la
protection spéciale, en faveur du
grand nombre.

Il vaut mieux faire que dire.

IMPRIMERIE CENTRALE DES CHEMINS DE FER. — IMPRIMERIE CHAIX.
RUE BERGÈRE, 20, PARIS. — 18986-4.

122

IMPRIMERIE CENTRALE DES CHEMINS DE FER. — IMPRIMERIE CHAIX,
RUE BERGÈRE, 20, PARIS. — 15384-4

www.ingramcontent.com/pod-product-compliance
Lightning Source LLC
Chambersburg PA
CBHW060852180626
46818CB00004B/1667